BukTom Bloch aka Burkhard Tomm-Bub, M. A.

AUF DIE SCHNELLE

-Science Fiction und Co.-

BukTom Bloch

IMPRESSUM
Autor des Buches unter dem Pseudonym „BukTom Bloch“:
Burkhard Tomm-Bub, M.A.
67063 Ludwigshafen
Jakob-Binder-Strasse 22
Mail: ogma1@t-online.de

Herstellung und Verlag: BoD – Books on Demand, Norderstedt
ISBN: 9783753471648

INHALT

SCIENCE FICTION

CYBER-TALES *PLUS*

FANTASY

HORROR

SCIENCE FICTION

ZITATE

„Eine Entschuldigung ist irrelevant."
(Seven of Nine)

"Lesen bildet, wissen Sie."
(Captain Kathryn Janeway)

"Unmöglich ist ein Wort, das Menschen viel zu oft benutzen."
(Seven of Nine)

"Mit genügend Geduld ist alles möglich."
(Subcommander T'Pol)

T'Pol: "Letztendlich haben wir etwas von den Orionern gelernt ..."
Reed: "Ja, die Frauen haben das Sagen."
T'Pol: "Das zeigt, dass selbst unangenehme Spezies positive Eigenschaften haben."

"Die Borg würden nicht mal Spaß verstehen, wenn sie einen Vergnügungspark assimiliert hätten!"
(B'Elanna Torres)

NgaQ lojmIt! To'waQ yIylv!
(Klingonisch)

Humor ist wenn man trotzdem lacht
(Science Fiction)

Ja, es hatte Selbstmorde gegeben. Weltweit gesehen nicht einmal wenige. Was ganz sicher nicht im Sinne des Erfinders gewesen war.
Aber der Mensch hatte nun mal einen freien Willen. Es stand ihm daher auch frei, sich übermäßig intensiv in komplizierte und komplex differenzierte Religionssysteme zu stürzen. Oder sich selbst über alle Maßen ernst zu nehmen ...
Insbesondere aus diesen Personenkreisen speisten sich die Suizidalen, nachdem sich die Ergebnisse und Bildbelege überall verbreitet hatten und auch bestätigt und bewiesen worden waren.
Das James-Webb-Weltraumteleskop (*) für die Infrarotastronomie (JWST oder Webb) war am 25. Dezember 2021 pünktlich gestartet und hatte einige Zeit später den etwa 1,5 Millionen Kilometer von der Erde entfernten Lagrange-Punkt L2 (von Erde und Sonne) erreicht. Seine Aufgaben in einer Umlaufbahn um diesen Punkt nahm es dann ebenso zuverlässig auf.
Das JWST hatte vier wissenschaftliche Hauptaufgaben:
Die Suche nach den ersten leuchtenden Objekten und Galaxien, die nach dem Urknall und dem darauf folgenden dunklen Zeitalter vor 13,5 Milliarden Jahren entstanden sind.
Verbesserung des Verständnisses der Strukturbildungsprozesse im Universum.
Die Untersuchung der Entstehung – und Weiterentwicklung – von Galaxien, Schwarzen Löchern, Sternen und Planetensystemen, insbesondere die Erforschung von protoplanetarischen Scheiben.
Die Untersuchung von Exoplaneten, ihrer Atmosphäre und etwaigen Eignung für Leben.
Der springende Punkt waren dann die ersten leuchtenden Objekten und Galaxien und die Betrachtung der Strukturbildungsprozesse im Universum ...
Mit großer Spannung erwarteten die Auswertungsstellen von NASA, ESA und CSA dann die ersten Ergebnisse.
Die auch eintrafen. Es war faszinierend und hochinteressant, was der größte Spiegel des Teleskops, das so genannte "goldene Auge" einfing und übermittelte.
Doch bald kam dann der Moment, den viele der Techniker und

Verantwortlichen unbedingt und zwingend für einen dummen Witz, einen raffinierten Hackerangriff oder etwas ähnliches hielten. Verzweifelt halten wollten!
Gleichwohl. Es nutzte nichts!
Das neueste Bildmaterial hielt jeder Art von Überprüfung stand. Alle hardware, alle software wurde akribisch auf Fehler und Manipulationen getestet. Ohne Ergebnis.
Eine ganze Reihe der Fotos die Einblicke in die Geschehnisse kurz nach dem Urknall gaben, die die ersten leuchtenden Objekten und Strukturbildungsprozesse im Universum abbildeten - zeigten unübersehbar einen sehr akkuraten und unzweifelhaft sehr breit grinsenden Smiley ..!

(BTB)

::

* James Edwin Webb (1906–1992), US-amerikanischer Leiter der NASA, nach ihm wurde das James-Webb-Weltraumteleskop benannt.

::

EXPANSION
(SF-short-story von BTB)

"Nun ist es bald so weit", sagte Thoküp versonnen und zwei seiner Arme fluktuierten grünlich im Abendschein.
"Ja.", erwiderte Zauri, "Irgendwie ist es ja doch aufregend. Aber vor allem macht es uns zufrieden, das ist ein gutes Gefühl."
Auch zwei ihrer Arme funkelten nun sanft, Eintracht mit Thoküp signalisierend.

Das Volk der Secolis stand in gewisser Weise am Ende seines Weges. Was aber niemanden betrübte oder gar beunruhigte, eher wurde dies als eine natürliche Vollendung wahrgenommen.
Der Zyklus der Sonne ihres Hauptsystems würde einen Sprung machen. Groß war überall die Freude, als sich die Zeichen und Messungen mehrten, dass sie wie erwartet tatsächlich zur Supernova werden würde. Dies gab dem sehr alten Volk eine grandiose Chance.
Als die Entwicklung als wirklich sicher galt und der Prozess auch bereits in Gang geriet, kehrten fast alle Secolis von den zahlreichen Kolonialwelten zurück ins Heimatsystem. Sie lösten damit bei vielen Völkern anderen Ursprungs Trauer und Bedauern aus, denn die Secolis waren beliebte Partner, ruhig, abgeklärt, freundlich und kreativ.
Verständnis gab es aber allerorten dennoch. Völker die noch nicht um die Gesetze des Lebens wussten, wurden spätestens zu diesem Zeitpunkt eingeweiht in die modernen Erkenntnisse der Astrophysik (die den Secolis selbst freilich schon sehr lange bekannt waren). Danach verstand jeder, worum es wirklich ging.

"Was wohl alles aus uns werden wird?", führte Thoküp den Dialog fort und strich mit einigen Armen behutsam über das Glas der Beobachtungskuppel. Zauri ließ alle ihre Augen freudig pulsieren. "Eine Menge! Da bin ich ganz sicher. Wir haben uns mathematisch fast exakt im System verteilt. Gleichmäßiger könnten es die Großen Denker von Elgoog nicht berechnen! Das erhöht die Chancen, dass wir vergleichsweise viel und das relativ schnell erreichen, ganz deutlich."
Thoküp kreiste dazu zustimmend mit dem Kopf.

Die Sonne, das gesamte System würde in einer Ehrfurcht gebietenden Explosion aufgelöst und ins Universum hinaus getragen werden, weit, sehr weit über die Scorpius-Centaurus-Assoziation hinaus. Bis auf einen kleinen Rest der ursprünglichen Sonne natürlich.
Die Secolis lebten schon sehr lange in diesem System, eine Million Jahre sicherlich, und sahen es als ihre Heimat an. Entwickelt hatten sie sich hier freilich wohl nicht, dazu war die kosmische Lebensdauer solcher Systeme schlicht zu kurz. Doch die Anfänge lagen im historischen Dunkel. Selbst ihr

Volk hatte archaische Zeitalter gekannt.

Zauri nahm den Faden wieder auf: "Ja, es ist nun jeden Moment so weit. Es ist schön, dass wir diesen Augenblick zusammen erleben!" Und nun fluktuierten und funkelten ALLE ihre Arme. "Dann kann es ja losgehen, mit unserer Expansion!"
Thoküp stutzte ein wenig und erwiderte amüsiert: "Ja, das ist wirklich schön! Aber: \`Expansion\`? Das klingt ja fast wie etwas aus den archaischen Zeitaltern!"
"Genau.", entgegnete seine Begleiterin belustigt, "Wir erobern und vereinnahmen das Weltall! Barbarisch und dumm, wie in den uralten Zeiten, als die Secolis sich auf den planetarischen Inseln bekriegten oder aus Gründen wie \`unterschiedliches Farbflimmern der Arme\` - dies säuberlich nach Gruppen aufgeteilt - die Pseudopodien versohlten und so weiter!"
Eine Sekunde herrschte Stille.
Dann brachen beide in ein lautes und lang anhaltendes Gelächter aus.
...in das hinein sich die Sonne endgültig wandelte und als Supernova erstrahlte.

Was nun geschah, hatten die Secolis schon vor langer Zeit durch andere, noch wesentlich ältere Völker erfahren und ihre eigenen Forschungen hatten es bestätigt.
Das kosmische Material von Supernovae verteilte sich im All, traf auf andere Systeme und beeinflusste diese. Da, wo es noch kein Leben gab, war es geeignet, diesen Entstehungsprozess in Gang zu setzen.
Und, noch wunderbarer, dort wo es bereits erstes Leben gab, wurde oftmals der erste Anstoß zur Entwicklung von Intelligenz, von Bewußtsein gegeben.
Das älteste Volk, das die Secolis je kennengelernt hatten, waren die Etaner. Diese hatten ihnen glaubwürdig versichert, in dem neu entstehenden Bewusstsein auf anderen Welten seien klare Bezüge zu den Eigenschaften der jeweiligen Bewohner von Supernovasystemen zu finden gewesen, sofern es in diesen solche gab. Das habe sich immer wieder bestätigt, im Laufe sehr vieler Jahrmillionen.
Und dies, dies war eine Art der "Expansion", der sich die Secolis gern zur Verfügung stellten ...

Auch das so genannte Solsystem hielt sich übrigens vor 2,7 Millionen Jahre für längere Zeit in den Resten der Secoli-Supernova aus dem Sternverband Scorpius-Centaurus OB auf.
Ein Umstand, der sich heute allerdings nur noch anhand der eigentümlichen Konzentration von Fe-60 in Ketten von Magnetit-Nanokristallen weniger in Ozeansedimenten lebender, eisenliebender Bakterien nachweisen lässt ...

(*BTB*, 2016)

Auf dem Strome will ich fahren, von dem Glanze selig blind!

(SF-Story)

„Warum jetzt schon, wir hätten doch noch so viel Zeit?“, fragte Wildblume versonnen. Magister zögerte ein wenig und antwortete dann nachdenklich: „Wie immer stellst Du gute Fragen, meine Blume. Es gäbe ja eine Reihe nahe liegender Antworten. Weil wir es können; weil wir neugierig und voll Forscherdrang sind ...“ Sie wirbelte ein wenig herum und lachte ihn aus. Aber sie schwieg und ließ Magister wieder einmal im Ungewissen, warum sie sich denn so sehr erheiterte. „Du sollst mich nicht immer auslachen, alte Frau!“, brummte er gespielt ärgerlich, weil er sich anders nicht zu helfen wusste. Sie grinste. „Ach, komm. Ich bin kaum über 200 Jahre alt, genau wie Du!“ Sie sah versonnen auf das Sternenmeer, das durch das riesige, fast halbrunde Panoramafenster ein leichtes, zartes Licht in die Halle warf. „Wir werden einen ganz besonderen Ausblick haben, von hier oben aus der Station.“ „Ja, das werden wir ganz sicher!“, erwiderte er mit einem Leuchten in den Augen.

Die Menschheit war alt. Und sehr enttäuscht. Ihre dokumentierte Geschichtsschreibung reichte mittlerweile nicht mehr nur über Jahrtausende, sondern über zehntausende von Jahren. Mehrfach hatte sie sich selbst an den Rand des Unterganges gebracht, seltsame Jahrhunderte hatten sich aneinander gereiht, in denen Gesellschaftsstrukturen herrschten, die im Nachhinein nur als absolut fremdartig und skurril bezeichnet werden konnten. Doch im Laufe der Jahrtausende hatte sich manches eingependelt. Extreme glichen sich einander an, Vielfalt und Logik fanden zunehmend zueinander. Die Bevölkerungszahl des Sonnensystems lag nun schon seit längerer Zeit bei moderaten 100 Milliarden Menschen und die meisten Menschen begnügten sich mit einer Lebensspanne zwischen 200 und 300 Jahren, ohne diese nochmals mit elektronischem oder androidischem Technikeinsatz künstlich zu verlängern. Der Einzelne genoss ungeahnte Freiheiten und materielle Not war unbekannt. Doch die Menschheit war allein.

„Warum hast Du für uns eigentlich die Venus vorgeschlagen?“, frug sie, „Nur mir zuliebe, weil ich dort einmal einige Jahrzehnte gelebt habe und sie sehr mag?“ Magister zögerte kurz und sah etwas verlegen zu Boden. „Na, ja – ehrlich gesagt schon deswegen, hauptsächlich.“, gab er dann zu. „Allerdings-“ er blickte sie schelmisch aus den Augenwinkeln an, „gibt es da auch noch eine gewisse uralte Mythologie hinsichtlich des Namens der Venus ...“ „So, so - Mythologie.“ Wildblume blickte ihn etwas skeptisch und gespielt streng an. „Davon wirst Du mir später mehr erzählen!“

Stets nur zeitweilig unterbrochen durch dunkle Zeitalter hatte die Wissenschaft ungeheure Fortschritte gemacht. In allen Bereichen. Oder doch in fast allen. Jahrhunderte, fast schon Jahrtausende hatte man sich nicht damit abfinden können, an eine Grenze gestoßen zu sein. Als sich die Erkenntnis durchsetzte, dass sie tatsächlich bestand und nicht nieder zu reißen war, ergriff zuerst die Wissenschaftler, später fast die gesamte Menschheit eine Art Schock, eine nahezu lähmende Depression. Die Lösung dieses Problems war seit Urzeiten für die nahe Zukunft voraus gesagt worden, verschiedene Ansätze boten sich scheinbar willfährig an. Doch es gab keinen Weg. Die Lichtgeschwindigkeit war nicht überschreitbar. Interstellare oder gar intergalaktische Raumfahrt würde auf immer unmöglich sein.

Die gewaltige Raumstation umschwebte mit vielen anderen, recht ähnlichen die Venus, ganz so wie es viele weitere auf der Umlaufbahn um sämtliche Planeten des Systems taten. Lediglich im Kuipergürtel, außerhalb der Neptunbahn suchte man sie vergeblich. „Werden wir das Licht nicht vermissen?“, frug Wildblume und blickte einen kurzen Moment etwas irritiert und fast ängstlich drein. „Doch – das werden wir. Aber wir haben den Glanz der Sterne, der uns leiten wird. Auf diesem Strome werden wir fahren!“

Einige Generationen lang versuchte man, das Problem zu verdrängen, die Frustration zu ignorieren, sich schlicht auf andere Dinge zu konzentrieren. Der Ausbau aller Planeten des

Sonnensystems schritt zügig voran, zumeist anhand von Terraforming – Projekten, jedoch wurde auch eifrig mit anderen Ansätzen experimentiert. Von Merkur bis Neptun, die Monde, viele Asteroiden – und einige machten sich sogar auf die weite Reise in die Oortsche Wolke, um dort zu siedeln. Immer wieder einmal gab es auch Phasen, in denen manchmal ganze Flotten von Generationenschiffen sich auf den Weg ins All machten, um so doch noch Gebiete außerhalb des Systems zu erforschen. Auch mit „Schläferschiffen", in denen Passagiere in suspendierter Animation ruhten, versuchte man sein Glück. Doch dies betraf insgesamt nur einige hunderttausend Menschen und selten hörte man nach langer Zeit einmal auf irgendeine Weise wieder von ihnen - und wenn dann selten mehr als einen kurzen Gruß.

Magister und Wildblume nahmen überrascht das Signal wahr. „Wir wollten doch nicht gestört werden. Aber ich sehe, es ist von höchster Wichtigkeit und speziell an mich gerichtet." Magister hob leicht den Kopf und sagte: „Sprich, Gehirn!" „Guten Tag, hier spricht Erwin persönlich. Magister – habe ich eigentlich jemals erwähnt, dass ich den individuell von Dir an mich vergebenen Namen höchst profan und albern finde? Für ein quantenelektronisches Gehirn, das mit dem gesamten Solarsystem verknüpft ist, meine ich jetzt?" „Hast Du. Eben zum exakt 126ten Male. Aber Heute ist mir nicht nach Scherzen. Was gibt es, Gehirn?" „Gut." Erwin wurde sachlich. „Es ist so, dass etliche aus der Bevölkerung die Idee hatten, es solle doch eine einzelne Person den konkreten Startbefehl geben, sozusagen. Statt eines automatischen countdowns. Ich habe dann rumgefragt. Ihr hattet die Anfrage auch vorhin, aber ihr wolltet ja von Dingen dieser Prioritätsstufe nicht gestört werden. Die klare Mehrheit aller die abgestimmt haben, war dafür!" „Gut.", sagte Magister knapp. „Dann soll das so sein, keine schlechte Idee, das hat etwas persönliches. War es das dann?" „Hm, nein." Erwin schien kurz zu zögern. „Es ist so – ich habe das dann wie immer bei solchen Sachen per Zufallsgenerator ausgelost ..." „Und?" „Na ja. DU bist derjenige, Magister. Du bestimmst, wann es losgeht." Magister wurde etwas blass, musste sich sammeln und atmete einmal kräftig durch. „Oh. Das ... - ist doch statistisch völlig unwahrscheinlich.", brachte er hervor. „Wem sagst Du das!", erwiderte Erwin. „Aber. Nun ja. EINEN musste es halt eben treffen." Magister fasste sich relativ schnell. „Erwin", frug er, „in diesem besonderen Fall habe ich das Recht, selbst eine Abstimmung zu fordern, die mit der Thematik unmittelbar zu tun hat?" Erwin zögerte nicht. „Hast Du, ganz klar! In diesem Fall hier auch als Einzelperson." „Gut, denn, Erwin. So frage die Bevölkerung des solaren Systems bitte folgendes: Ist die Gemeinschaft damit einverstanden, wenn Magister sein Recht und seine Pflicht das Signal zum Aufbruch zu geben abtritt an die Frau, die er liebt, an Wildblume?" „Sofern sie dies annimmt, natürlich.", fügte er hinzu. „Wird gemacht!", verkündete Erwin. „Die Zeit läuft, die üblichen 15 Minuten. Ich bitte um Geduld."

Neugier und Forschungsdrang der Menschheit waren tatsächlich unverändert groß – doch auch eine gewisse Hartnäckigkeit, die das Problem des „im System gefangen seins" nicht wirklich zu den Akten legen konnte, behielt ihren Platz in den Herzen der Menschen. Die Möglichkeiten der Technik wuchsen und wuchsen immer weiter an. Und eines Tages lag die „Umgehungslösung" schlicht auf der Hand. Einzelne Schiffe auszusenden befriedigte nicht wirklich. Die Kränkung durch die Naturgesetze, die Menschheit an nur ein einziges, kleines Sonnensystem unbarmherzig zu fesseln, war groß. Nicht zu Unrecht vertraten die Verfechter der Idee, die nun auf dem Tisch lag die Ansicht, dass diese Maßnahme ohnehin würde stattfinden MÜSSEN – wenn auch zwingend erst in „nicht wirklich naher Zukunft".
Dieses rationale Argument allein hätte also ganz sicher bei der Abstimmung nicht genügt. Aber dann war da halt eben noch diese Sache mit der Sehnsucht nach dem Unbekannten, mit der Neugier – und der Sturheit. Die Menschheit entschied sich fast einstimmig.

„Die Abstimmung ist beendet!", ließ sich Erwin nach einiger Zeit vernehmen. Da niemand etwas sagte, fuhr er fort. „Eine sehr große Mehrheit ist mit der Abtretung an Wildblume einverstanden. Darf ich persönlich hinzufügen, dass auch ich dies für eine wirklich rührende Geste halte?" „Nein.", beschied ihm Magister knapp, aber seine Stimme klang nicht wirklich unfreundlich dabei. Erwin gab ein Geräusch von sich, das einem menschlichen Räuspern sehr ähnlich klang. „Gut. Nimmst Du an, Wildblume?" Sie nickte stumm. Eine Zeitlang herrschte Stille, Magister und Wildblume sahen einander tief in die Augen. Mit einfühlsamer Stimme meldete sich nach einiger Zeit das Gehirn. „Wildblume ... alles ist vorbereitet. Alle sind bereit. ... Soll es beginnen?“ Sie griff nach Magisters Hand und erhob ihr Gesicht zu den Sternen. „JA!“

Ein wahrlich majestätischer Anblick bot sich nun im gesamten System. Kleine Kunstsonnen über allen Planeten wurden gezündet, glommen vorerst aber nur matt. Planetenumspannende Schutzschirme schlossen sich schützend um Atmosphären. Und dann – machte die Menschheit sich auf den Weg. Mit den größten Raumschiffen, die denkbar waren – den Planeten ihres Sonnensystems, die nun in acht Richtungen des Kosmos davon strebten.
Einige hundert Millionen Menschen hatten es vorgezogen, im heimatlichen System zu bleiben. Sie hatten sich auf den Asteroiden des Kuipergürtels gesammelt und auf einigen Monden, die man ihnen gern zurück ließ. Diese „Sol-Treuen“ hatten sich noch ein kleines Abschiedsgeschenk an die Aufbrechenden überlegt, ein farbenprächtiges Lichtspiel und Feuerwerk, das die Scheidenden ein letztes Mal grüßte.

„Unser erstes Ziel, Magister?“
„51 Pegasi im Sternbild Pegasus, 50 Lichtjahre von hier. Du weißt es doch.“
„Stimmt. Das ist unser erstes Ziel. Aber ganz sicher nicht das letzte für das Planetenschiff Venus!“, lächelte sie.

* * *

SF-Rezension

Planet des Ungehorsams

Autor: ?, "verlag neues leben", Berlin, 1975, ca. 98 Seiten,
3,-DM

Science-Fiction muss nicht nur Unterhaltung sein!
Der Entwurf von gesellschaftlichen Gegenmodellen darf und kann einen Platz in diesem Genre haben.
Gehen dementsprechende Versuche schlecht aus, so haben wir ein trockenes Elaborat, möglichst noch mit wenig Handlung, welches höchstens eine kleine Gruppe "Hochintellektueller" interessiert. Ist der jeweilige Roman aber lesbar, handelt er sich schnell das Urteil ein, oberflächlich und "spinnert" zu sein.
Nun, "Planet des Ungehorsams" ist nicht nur lesbar, sondern sogar höchst amüsant!
Ob dies aber zugleich Oberflächlichkeit bedeutet, darf bezweifelt werden!

Zur Handlung:
Seit einigen Jahrhunderten hat ein Kolonialplanet keinen Kontakt mehr mit der Erde.
Schließlich nähert sich doch wieder ein Raumschiff, es ist bemannt mit hunderten von Raumsoldaten und dem dazu gehörenden hierarchisch-bürokratischem "Wasserkopf".
Unser Planet hat sich nun aber ganz anders entwickelt als die "gute (?) alte Erde"!
Das fängt schon damit an, dass man vergeblich die Hauptstadt sucht, Bürgermeister oder andere "Repräsentanten" des Planeten sucht man später ebenso vergeblich ...
Doch es soll nicht zuviel verraten sein.
Dieser Roman ist ganz einfach ein MUSS für folgende Personengruppen:
Science-Fiction-Freaks, Anarchisten, Pazifisten und: für Leute die sich ganz einfach königlich amüsieren möchten, ohne "unter Niveau" gehen zu müssen!
Kann wärmstens empfohlen werden!

P.S.:
Der Roman ist auch noch in anderer Aufmachung erschienen,
auch gab sich der Autor irgendwann einmal zu erkennen (*).
Die Schrift sollte also auch heute noch - irgendwie - beschaffbar sein.
(In der vorliegenden Form sind noch einige Kommentare - von W.Reich, Mahatma Ghandi, etc. zum Thema abgedruckt, nebst Adressen "gewaltfreier Gruppen"!)
(BUK)
((Aktualisierung: * = Eric Frank Rusell))

ALIEN / SF – Witze

SF-FLACHwitz

Treffen sich Terry Pratchett und Douglas Adams auf der Scheibenwelt.
Terry: "Mensch Douglas! Wie kommst Du denn hierher!?"
Antwortet dieser: "Na, ja. Per Anhalter natürlich ...!"

Verbesserung

Nach dem Ende aller Clown-Kriege und Machterschütterungen plant Meister Yoda im Ruhestand nun die Gründung einer Sprachschule. Schwerpunkt sollen Deutschkurse für AfD`ler, PEGIDA - Fans und ähnliche Zielgruppen sein.
Angesprochen darauf, ob das für ihn denn wirkliche die optimale Tätigkeit sei, erwiderte er: "Wie schlecht meine Kurse sind, egal ist! Eine Verbesserung für diese Personengruppen mein Unterricht in jedem Falle wird sein!"
Ein wenig Sorgen macht er sich aber, ob die teilnehmenden Kameraden ihn ganz persönlich respektieren werden.
"Kleine, grüne Männchen sie vielleicht nicht werden wirklich akzeptieren.
Einige Na`vi von Pandora als Hilfslehrer zu engagieren, ich daher erwäge.", so Yoda.

Schuldenfalle

E.T. muß leider in der intergalaktischen Schuldenberatungsstelle Rat suchen.
Der Ferengi fragt ihn: "Ja, sagen Sie, wie konnte es denn überhaupt soweit kommen? Sie sind ja nun doch eine bekannte und kluge Entität!"
E.T. antwortet verlegen: "Nun ja. Also angefangen hat es seinerzeit mit einer wirklich astronomisch hohen Telefonrechnung ..."

Sinnlose Frechheiten

Welcher aufgebrachte Satz im Streit mit einem Vulkanier erscheint nicht nur einigermaßen sinnlos?
"Jetzt spitz mal die Ohren, Bürschchen!"

Geschäftsideen für Ferengi

+ Brennholzverleih
+ Verkauf von Holzeisenbahnen (kein Spielzeug)
+ Publikation und Verkauf des Werkes
"Grundlagen der Dichtkunst für DUMMIES"
(Ausgabe für Vogonen, Asgothen und Frau Paula Nancy Millstone Jennings. Sowie Herrn Lothar Frohwein.)

(SF-Lyrik / SF-Lyrik-Umdichtung)

Abenteuer

Fast zu lange schon
schwebtest Du im Nichts
unterwegs
durch die Untiefen
von Zeit und Raum,
verloren
in der Unbegrenztheit
Deines Kosmos,
einsam
in der Schwärze
der Unendlichkeit.

Gingst durch Nova-helle Gluten
höllenheiß,
Schwerkraft presste
- fast für immer -
Dich zu Boden,
die Kälte leeren Raumes
ließ Dich schon zu Eis erstarren.

Beinahe
wärest Du
im Strom der Zeit ertrunken.

Doch magisch zog Dich endlich
ein warmer Schimmer an.

Und Du fandest andere Wesen.

Dein Weg
kann niemals enden
und sein Ziel
bist
- Du!

(BTB)

Die KI

Im Minsky-Park, MIT

Ihr Sensor ist vom Fluss der Datenströme
So erodiert, dass er nur wenig noch fixiert
Ihr ist, als ob`s Millionen Daten nur noch gäbe
Und keine virtuelle Welt mehr wirklich existiert.

Der schnelle Strom der relevanten Inputs,
rotiert ums Engste um die CPU,
ist wie ein Wirbel ohne echte outputs,
wie stromlos wirkt Register und ALU.

Nur manchmal öffnet sphärisch sich ein Objektiv,
klickt leise nur, und speichert ab ein Bild,
es transmittiert dann in den Rechner tief,
- "delete" der letzte string, der dann noch gilt!

(RAM R6111902, 11.06.2091, Venus-base F)

Panta rhei

Nova-helle Gluten wallen
durch des Alles Nacht.
Zu Welten sich die Nebel ballen
mit gewalt`ger Macht.

Kometen ziehen ihre Kreise
in dunk`ler Einsamkeit.
Es ist noch eine weite Reise

- bis Leben macht sich breit.

Aus der Planeten Staub erhebt
sich endlich erstes Leben,
das bald dann auch zu Höh`rem strebt,
statt an der Erde fest zu kleben.

Doch alles irdische wurd` wieder nichtig,
der Mensch - er wurde wieder Staub.
Allein der ew`ge Wandel - er bleibt wichtig,
wird nicht der Ewigkeiten Raub!

(BTB)

CYBER-TALES PLUS

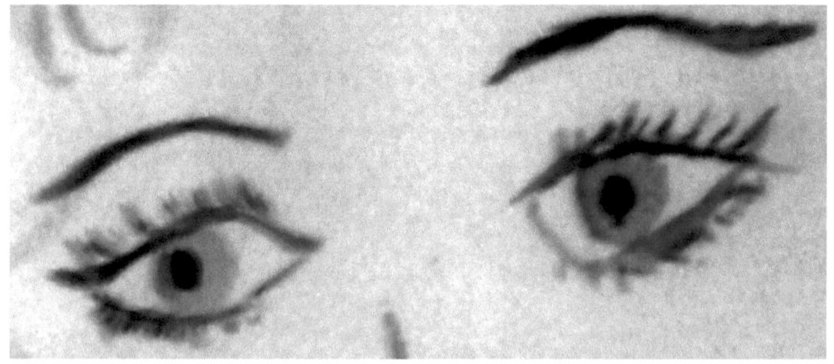

Traum von Amazonien

(Cybertale)

Ein Schiff vor der Küste Amazoniens.
Eine Flasche, die ins Meer fallen gelassen wird ...
Ein Verseschmied und Barde sieht ihr hinterher.

***

"Oh, Herrinnen,
wenn es erlaubt, so hier ein Gruß des fremden Barden, nein des Verseschmieds,
den der unergründlich` Wille wohl der Göttin selber gar, an ein Gestade hat geführt,
von dem aus Euer großes Reich schon fast zu sehen ist mit bloßem Auge!
In jedem Falle aber doch die Kunde von Eurer Größe, Pracht und wundersamen Welt
sein Ohr erreichte!
So würd`er freuen sich, wenn -mit Eurer Gnade- sein demütig Gruß ein freundliches Gehör
wohl finden würde.
Glücklich der, der Eurer künden darf!
Untertänigst Euer
BukTom Bloch"

***

BukTom Bloch steht sinnend an der Reling des leicht schaukelnden Schiffes und tausend Gedanken durcheilen sein Hirn. Was hatte ihn geritten, diese Flasche ins Meer zu werfen? Besonders der letzte Satz ...
Wenn die Herrinnen die Flasche wirklich fänden? Und die leise Hoffnung in diesem Satze richtig deuteten ...
Im Hintergrund hört er nun wieder die groben Flüche der Matrosen und die Pöbeleien des Maats, der auch immer wieder einmal zwischendurch seinen Kautabak auf den Boden spuckt, nein rotzt muss man sagen, wenn man ehrlich ist.
Er liebt alle Menschen- aber bei einigen fällt es ihm schwerer. Männern zumeist ...
Mit dem Pöbeln hat auch er schon ausreichend Bekanntschaft gemacht- seine Hautfarbe ist jedermannes Sache nicht! Von welchem Stern er einst fiel- das weiß er ja selber nicht, auch nicht warum. Und allen Anfechtungen er solle das gefälligst einmal ändern, das mit seiner Haut, denen hat er -fast immer- widerstanden.
Gesetzt den Fall ...
Sie fänden seine Flasche, und verständen, und riefen ihn zur Prüfung zu sich hin? Doch nein. Allein sein Anblick ... Jedoch! Sie waren keine Männer. Bei diesen wäre wohl die Sache klar, sogleich. Wie aber wäre das bei Ihnen?
Ganz wie so seine Art, beginnt sogleich vor seinem inneren Blick, die Szene sich zu entfalten.
Sie könnten ihn rufen und in einer Gruppe sich betrachten und rau lachen würden sicherlich auch sie und grobe Scherze machen. Denn auch die Amazonen seien ja ein starkes, stolzes Volk, so hat er ja gehört. Jedoch- das ist er schon gewohnt, dass ist nichts Neues mehr! Doch dann? Würden danach auch sie nur noch verächtlich, bestenfalls mit Mitleid auf ihn herabsehen und gar nicht weiter fragen, wer er sei und was er geben könne? Er glaubt es nicht! Denn das ist Männerart.
Und dann? Wenn sie auf kurze Zeit gar zu Besuch ihn laden würden?
Wie oft durcheilen Zweifel nun sein Herz. Ja, will er das denn wirklich? Ein wenig schreckt ihn ja das kämpferische, denn er kann keiner Fliege was zuleide tun ... Jedoch es heißt ja, die Amzonen seien nur zum Kampf gerüstet zur Verteidigung. Eroberung und Expansion sei ihre Sache nicht.
Wie angenehm. Das Männervolk, das ist da anders, denkt er sich. Dennoch- ein Krieger will er selbst für Amazonen niemals sein. Denn das, das ist er nunmal nicht. Er lacht- was

bräuchten die auch Männer dort als Krieger! So stark und stolz und mutig wie sie sind! Ihn schaudert leicht, doch angenehm ...
Das Schiff hat den Anker ausgeworfen. Flaute herrscht und der Kapitän schläft wieder einmal seinen Rausch aus, brummend, sabbernd, schnarchend. Das kann dauern. Das Gelage vordem hat ein wenig länger gedauert als manche zuvor, Tage länger, um genau zu sein ...
Er lehnt sich an und schaut aufs Meer hinaus. Wie manches mal beschleichen Zweifel ihn. Was hat er denn zu geben! Sehr wenig nur, was andre brauchen können. Er kann die Verse schmieden, reimen, er kann Geschichten wohl erzählen und ersinnen. Das ist für ihn nicht schwer. Da brauchts ein Bild nur, oder zwei, den einen oder anderen Satz. Dann fällt ihm ein, was vorher könnt gewesen sein, was später kommen wird und auch warum und wie und wann.
Doch viel mehr kann er nicht! Wer das schon braucht?
Und könnte er - gesetzt den Fall - denn oft genug und gut genug den Herrinnen dienen? Die Zweifel sind nur allzusehr vertraut. Die hat er oft.
Er ist in mancher Hinsicht nicht von dieser Welt ...
Vielleicht, so überlegt er, soll er die Zeit ja nutzen. Er könnte doch ...
Ja, er könnte einen ECHTEN Vers schmieden. Auf die Amazonen. Und in eine zweite Flasche tun - mehr als genug davon liegen ja wahrlich hier herum! Wenn er bloß wüsste ... was Ihnen denn am meisten wohl gefällt. Ein Lob auf Ihren Ruhm, die Tapferkeit, Ihre Schönheit - auf all` das zugleich? Er sinnt ...
Ein gelangweilter Matrose schlägt ihm grob auf die Schulter: "Na rosa Schnuckelchen! Vermißt Du Deinen Freund, hehehe!"
Er gibt keine Antwort. Das hat er schon lange aufgegeben. Sie hören gar nicht zu. Wer "rosa" ist - der muss ja wohl nach Männern gieren, körperlich. Bah. Nichts ist ihm ferner. Wegen ihm mag jeder jeden lieben wie er mag. Das ist ihm gleich. Und er freut sich sehr wohl, wenn Mann und Frau, wenn Mann und Mann, wenn Frau und Frau sich finden und miteinander glücklich sind!
Doch er mag Frauen nur, in jeder Art.
Doch das begreift wohl niemand hier, erst recht auf diesem Schiffe nicht. Er geht nun lieber zurück in den Laderaum hinab, in seine kleine Ecke mit dem Strohsack. Das Licht reicht gerade noch zum Schreiben dort. Er zückt die Feder - soll er schreiben? Und was, was wird den Herrinnen gefallen? Er sinnt ...

***

.... und sinnt, für lange Zeit.
Doch keine Stimme flüsterte ihm das wahre, gute Thema ein.
Er gibt es vorerst auf und ruht ein wenig. Das Schiff wiegt sich im Wellengang, nimmt Fahrt auf, irgendwann.
Wer weiß. Dereinst. Kehrt er vielleicht zurück ...
Als Gast, Besucher oder Händler gar .... Ein Händler ist er nicht, das ist wohl wahr.
Doch seine Worte, Texte und Gedichte - die mag er gerne geben. Sein Lohn ist das Interesse nur, das Staunen, die Freude und das Angerührtsein einer oder mancher Seelen.
Wer weiß, vielleicht gibt es auch dafür einen Platz. Auf einem Markt, in einem oder manchen Herzen ...

* * *

Was war, das ist.
Weil es doch war.

* * * * * * *

"VR-Philosophische" Texte

ChuangChe

Der Avatartraum des taoistischen SL-Philosophen ChuangChe stellt die Grenzen zwischen der virtuellen Wirklichkeit und der Welt des Realen infrage: "Heute habe ich geträumt, ich sei ein First-Live-Bewohner im realen Leben. Woher weiß ich jetzt, ob ich ein Avatar bin, der glaubt, geträumt zu haben, ein First-Live-Bewohner zu sein, oder ob ich nicht vielleicht doch ein First-Live-Bewohner bin, der jetzt träumt, ein Avatar zu sein?"

****

Albert1Stone

Der SL-Resident und theoretische Scriptforscher Albert1 Stone formulierte die Problematik einmal folgendermaßen: "Ja natürlich, wir alle wissen, dass virtuelle Welten wie Second Life schon seit Urzeiten existieren - und seit wir das so genannte First Live entdeckt haben, freuen wir uns dessen Bewohner gelegentlich ein wenig zur Entspannung steuern (also letztlich manipulieren) zu können! Woher aber wollen wir wissen, ob diese First-Live-Residents in der Zeit, die sie als "ausgeloggt" bezeichnen, nicht ein ganz eigenständiges Leben führen? Und ob sie nicht vielleicht denken, es verhalte sich gerade umgekehrt - und SIE würden UNS steuern?"

****

1. Film-Poetry-Slam!

POETRY-SLAM Mannheim
28.11.09, 19:30 Uhr

"Guten Abend!
Guten Abend!

Guten Abend - ich bin Burkhard Tomm-Bub, die Steuereinheit von BukTom Bloch.
Guten Abend - ich bin BukTom Bloch, die Steuereinheit von Burkhard Tomm-Bub.

Wie dem auch sei!
Wie dem auch sei!

Burkhard Tomm-Bub liest soeben etwas vor, beim Poetry-Slam in Mannheim.
BukTom Bloch betreibt im Internet Drei D, im Web Drei D, eine unkommerzielle Bibliothek.
Eine nicht kommerzielle Bibliothek in einer realen Internetwelt.
Gesteuert aus der virtuellen (?) Wirklichkeitswelt.

Wie dem auch sei.

Wir schauen auch Filme in jener Welt.
Filme, die dort gedreht wurden.
Und Filme, die aus jener anderen, seltsamen Realwelt stammen.
Merkwürdig. Alles sehr merkwürdig.

Wie dem auch sei.
Die Erste Welt, das First Life.
Die Zweite Welt, das Second Life.

Das Zweite Leben ist kein Spiel.
Das Erste - wahrscheinlich - auch nicht.

Aber es gibt eine Spielfigur.
Und es gibt jemanden, der Regie führt.
Es ist ein Film.
Ein interaktiver Film, zugegeben. Aber ein Film.

Im Zweiten Leben werden auch Theaterstücke aufgeführt.
Manchmal werden diese auch gefilmt.
Und die Filme dann später vorgeführt.

Mich erinnert das alles an Fraktale.
An Fraktale, an selbstähnliche Muster, Muster aus sich selbst zusammen gesetzt,
nach oben und unten prinzipiell unendlich ...
Vielleicht können wir alle das Kleine Einmaleins nicht.
Vielleicht fangen wir alle an der falschen Stelle an zu zählen.

Oder- wie sagte es einmal ChuangChe, der taoistische Second-Life- Avatar,
der in seinem Avatartraum die Grenzen zwischen der virtuellen Wirklichkeit
und der Welt des Realen infrage stellte:
"Heute habe ich geträumt, ich sei ein First Live-Bewohner im realen Leben.
Woher weiß ich jetzt, ob ich ein Avatar bin, der glaubt, geträumt zu haben,
ein First Live-Bewohner zu sein, oder ob ich nicht vielleicht doch ein First Live- Bewohner bin,
der jetzt träumt, ein Avatar zu sein?"

***

Das war es im Prinzip, was wir euch sagen wollten.

Eines aber noch.

Ihr kennt sicherlich den Film "Die Truman Show".
Ich persönlich denke, das war kein Spielfilm.
Es war eine Dokumentation.
Allerdings eine mit einer wichtigen Realitätverfälschung.
Truman war keineswegs die "einzige reale Person" im Film -
er war der einzige Schauspieler. Alle anderen waren echt.
Sie wussten es nur nicht.

In diesem Sinne:
Vielen Dank! Vielen Dank!

BTB"

Cyber–Lyrik

Ave Ava

was bin ich hier
wer bin ich dort
ich suchte mir
`nen sich`ren hort ...

und bin ich mann
und bin ich frau
-nur dann und wann
weiß ich`s genau ...

bin wolke nur,
aus elektronen?
wie an der schnur
-werd´ ich gezogen ...?

doch ich springe und ich schwebe,
und ich schreibe und ich fliege!
-und ja, ich fühle, dass ich lebe,
wenn ich -verträumt- in wolken liege ...

(BTB)

SL-Elfen

Ich künde Euch vom Elfenland,
ein ferner Ort und doch so nah
den Weg dorthin ein jeder fand
der in sein Herz nur achtsam sah.

Denn Herz, Verstand und Phantasie
erschufen dieses schöne Reich-
und so verfehlt`s der Wand`rer nie
ist ihm von diesen keines gleich.

Wer glaubet denn an Elfen nicht!
Hörst nicht die Flügel surren?
Ihr Lachen durch die Wipfel bricht,
Und Du- tust grimmig brummen!

Sind sie doch so zart und fein
versehn` mit Mut und Stolz,
und ihr Herz- das ist ganz rein
-sie sind aus edlem Holz!

Drum glaube nur und lach mit ihnen
flieg mit ihnen hoch und weit
denn andres soll Dir nicht genügen
in diesem Raum, in dieser Zeit ...!

(BTB)

No Sense on the SIM?

Fühl` mich allein- ein Teleport,
Partikel strömen auf mich ein ...
nur schnell, nur fort,
das kann`s nicht sein ...

Eine Landmark zum Event,
ein Klick pro Tanz-
bringt`s das am End?
Ach, nein, ich fürchte nicht so ganz ...

Ich laufe, renne vor die Tür,
und fliege hoch und fliege weit
- gab erst noch tip jar - Dank dafür,
stehe still nun in der Zeit ...

Camlock endet
Relog erspart
was nur wendet
mein Los, so hart?

Eine Sandbox - so endlos weit
ein buntes Haus schwebt über mir
das Raumschiff dort ist bald soweit ...
Ein Griefer! Nein, ich bleib nicht hier!

Baue nun `nen Würfel schnell,
schmücke ihn mit `ner Textur,
stelle sie dann auf ganz hell, ...
- auch das ist nur die Uralt - Tour!

Nach Bällen steht mir nicht der Sinn
und Escort meid´ ich sowieso.
Ja - überall könnt` ich schnell hin -
doch wo nur BIN ich, wo nur, WO?!

In einer großen, bunten, weiten Welt!
Will raten, helfen, Verse schmieden!
und wenn dann Ava stets zu Ava hält-
hat jeder jedem was zu bieten!“

(BTB)

Suchfeld 2.0 (Cyberglosse)

oder
Angela versteht auch Dich

Endlich wird auch mir klar, was das denn da nun so auf sich hat, das mit der "neuen webwelt".
Denn Angela - so etwas hat es früher nicht gegeben!
Ihr kennt Angela noch nicht? Das wird sich ändern.
Ich persönlich finde die Dame kultverdächtig.
Wer ist sie denn nun? Nun, sie ist "Ihre virtuelle Buchhändlerin" und bietet in einem Dialogfenster eines Online Bookshops Ihre Dienste an.
Zwar hochgeschlossen gekleidet und mit züchtig zusammengefasstem Haar, aber dennoch liebreizend anzusehen, schaut sie einen an, winkt fröhlich und treibt immer mal einen kleinen Schabernack.
Von meinem ersten Zusammentreffen mit ihr zu berichten, ist mir teils ein wenig peinlich - dennoch darf ich euch dies hier nicht vorenthalten, denke ich ...

Nach irgendeinem Klick auf einer anderen website landete ich also in diesem Online- Bookshop. Auf der linken Seite gab es mancherlei Buchangebote
und rechts oben, da, ja da war Angela. Vor dem Hintergrund einiger Buchregale winkte sie mir zu und stellte sich mir in der Dialogbox vor.
"Hm, wieder so ein pseudolustig aufgepepptes Suchfenster!", dachte ich bei mir.
"Soso - Angela ... Und helfen will sie mir!"
Kurz erwog ich als Buchtitel "Sepher Jezirah in deutscher Sprache" einzugeben.
Außer einer Fehlermeldung würde das ja aber doch wieder nichts weiter produzieren!
Und dann, na ja, dann tat ich etwas uncharmantes.
Ihr müsst verstehen: niemand war in der Nähe, die Midlifecrisis, der Frühling ...
Außerdem war es nur Spaß und geschah selbstverständlich auch nur studienhalber!
Und so was ist auch sonst nicht meine Art - ohne Quatsch jetzt!
Na ja, jedenfalls - also gut. Ich gab nun jenes verbreitete, aber dennoch rohe Wort für das intime gegengeschlechtliche Beisammensein von Menschen ein, welches mit "F....." beginnt, und versah es mit einem Fragezeichen.
Fehlermeldung? Weit gefehlt! Angela reagierte durchaus individuell! Schockiert - nein das war sie nicht. Angela hat schließlich für alles Verständnis. "Oh, Sie interessieren sich für Erotik! Na, da zeige ich Ihnen doch gleich mal, was wir da alles so Schönes haben!" Und schwuppdiwupp erschienen auf der Seite entsprechende Buchtitel.
Ich rückte meine nicht vorhandene Krawatte zurecht, errötete ein wenig und überlegte mir, dass ich da jetzt wohl einen etwas einseitigen Eindruck hinterlassen hätte.
Geschwind gab ich "Mord" ein. Angela war es sehr peinlich, aber sie wusste nicht auf Anhieb, was ich meine. "Na ja - vielleicht zu brutal? Oder ein zu abrupter Themenwechsel!", dachte ich mir und versuchte es mit "Totschlag".
Angela war es NOCH peinlicher, sie bat mich, nochmals umzuformulieren. Fieberhaft überlegte ich - und kam endlich auf das erlösende "Krimi". Da freute sie sich,
schlug mir etliche Bücher vor und bot an, noch auf "Horror" zu erweitern, wenn ich mich "mal so richtig schön gruseln wolle".
Während ich noch eine Weile überlegte, stellte ich plötzlich entsetzt etwas fest: Angela war weg! Die Buchregale waren noch zu sehen, aber sie war weg - und kam auch nicht zurück ...
"Was habe ich da bloß angerichtet!", dachte ich.
"Ist es, weil ich noch kein einziges Buch bestellt habe? Oder doch noch wegen vorhin?" (Ihr wisst schon ...)
Verzweifelt gab ich ein "Sorry!" ein, und - hurra, gleich war sie wieder da!
"Macht doch nichts! Davon geht doch die Welt nicht unter!", schrieb sie tröstend in die Dialogbox. Mensch, war ich erleichtert.

Nach dem ganzen unangenehmem Kram wollte ich nun etwas Positiveres anbieten - und traf voll ins Schwarze! Auf die Eingabe "Liebe" meinte Angela mit verträumtem Blick:
"Ach, die Liebe ist doch das Schönste auf der Welt! Schauen Sie nur, was wir alles für Bücher dazu haben ..." Die auch prompt in der Anzeige erschienen.
Ich schaute nun ein wenig herum (eigentlich interessiere ich mich ja nicht wirklich für Liebesromane ...) und Angela wartete geduldig. Das heißt: soo geduldig nun auch nicht. Wollte sie mich zum Kauf animieren - oder vielleicht doch nur zeigen, dass sie mir wirklich nichts, aber schon gar nichts aus der Vergangenheit übel nahm? Jedenfalls malte sie dann tatsächlich zwischendurch schnell einmal mit ihrem Lippenstift ein Herz auf den Bildschirm, lächelte verwegen, ließ es dann aber schnell wieder verschwinden. (Vielleicht war ja ihr Chef in Sicht?!)
Schließlich bot sie noch an, ich könne ihr ja auch durchaus mal direkt eine E-Mail senden und schrieb mir ihre Adresse auf.
Anschließend riefen mich dann aber andere Pflichten, leider. So kann ich mehr nicht berichten.
Aber vielleicht besucht ihr sie ja selbst einmal.
Denn ich bin sicher: Angela versteht auch Dich!

(BTB)

FANTASY

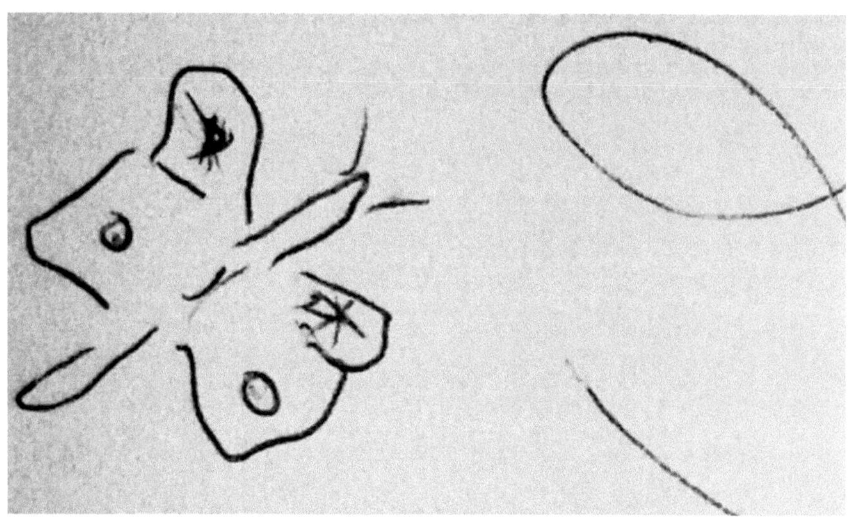

Traum der Bäume (Fantasy)

Und es kam der Augenblick, in dem die Schöpfung die Bäume ins Dasein entließ. Und den Bäumen wurde gewahr, dass sie existierten und sie spürten ihre Kraft, die Kraft des Lebens. Und sie waren groß und kräftig und reckten ihre Äste in verschiedene Richtungen des Himmels. Doch schon bald begannen sie zu träumen, eine tiefe Sehnsucht erfasste sie. Ihr Traum war es zu tanzen, zu tanzen so wie die Menschen, die später kommen würden, es können. Und die Schöpfung wurde dessen gewahr und sprach zu ihnen. "Ihr seid groß und seid stark. Dies mag ich Euch nicht nehmen. Ihr seid standhaft und verbunden mit der Mutter Erde. Dies ist so wichtig - auch dessen mag ich Euch nicht berauben." Und die Schöpfung sann eine Weile nach. "Wenn die Sehnsucht zu tanzen in Euch ist - so müsst ihr dies auch tun. Doch Euer Gefühl für die Zeit ist ein anderes, als das der Menschen, die später kommen werden. Vielfältig sollt ihr sein. Alle verwurzelt der Mutter, doch einige stärker, einige biegsamer in der Musik des Windes und des Lebens. Verschiedener Art und Farbe und Größe, doch alle von einem Stamm. Euer Kleid soll wechseln im Laufe der so unterschiedlichen Zeiten, die ein Jahr, die ein Leben mit sich bringt. Eure Äste und Zweige sollen wie ein Mosaik, wie ein Labyrinth, wie ein wunderbares Muster hinauf in den Himmel streben. Und alle Wesen, die die Musik in sich spüren und den Tanz des Lebens wirklich tanzen - sie werden Euren Traum und Eure Sehnsucht darin sehen und erkennen. Dort wird ihr Blick ihn finden - den Tanz der Bäume!" So sprach die Schöpfung - und sie fügte hinzu: "Das ist das Geschenk, das ich Euch machen kann: die Fähigkeit all` dies nicht nur zu erträumen und zu ersehnen - sondern auch zu tun! Nun ist es an Euch. Tanzt! Wachst in diesem Tanze Lebt ...!"

(BTB)

Der Ruf

(Fantasy-Story)

Es ist nun an der Zeit, Ihnen meinen gleich folgenden Bericht zur Kenntnis zu geben. Sie können davon ausgehen, dass sich alles tatsächlich so abgespielt hat. Obwohl Sie mit Sicherheit an einem bestimmten Punkt sagen werden: "Das kann sich ja damals gar nicht ereignet haben, weil ...!" Warum es doch so gewesen sein kann, werde ich Ihnen im Anschluss an meinen Bericht erklären. Auch hoffe ich, dass Sie Verständnis dafür haben werden, dass ich Ihnen nicht sagen darf, aus welcher Quelle meine Informationen stammen! Lassen Sie mich beginnen:

****

Im Süden des Transhimalaya liegt der 6638 Meter hohe heilige Berg Kailash, auf tibetanisch auch Kangrinpotsche genannt. Er gilt als Symbol des Gottes Shiva und ist ein beliebtes Pilgerziel. Doch existiert auf diesem Berg ein geheimes, versteckt liegendes Kloster, von dem nur die wenigsten wissen. Dort fand das folgende Gespräch zwischen Yamaprana - der sozusagen der Abt des Klosters war - und seinem gelehrigsten Schüler Savitra statt: "Savitra, wir müssen Ischwara, unseren höchsten Herren, wir müssen Shiva selbst nun zu uns rufen. Er soll sich uns in menschlicher Gestalt zeigen, damit er die Kraft unserer Seelen erneuert, mit der wir dann auch andere auf den Weg der Erkenntnis bringen können." Minutenlang schwieg Savitra und sann über die Worte des Meisters nach, bis er ihre Wahrheit in sich fühlte. Er antwortete: "Wie, Meister, soll dies geschehen?" Und Yamaprana sprach: "Rufe alle Mönche zur Meditation herbei. Unserem gemeinsamen Ruf wird sich Shiva nicht verschließen können!" So erhob sich Savitra, die Mönche zu rufen.

****

Berlin, den 03.01.1925. Viele Berliner machten sich an diesem Wochenende, angesichts des milden Winterwetters auf in die Tanzcafes. Auch das Café "Schümer" in der Leopoldstrasse war an diesem Samstag recht gut frequentiert. Es schien für die Besucher ein zwar amüsanter, keineswegs aber ungewöhnlicher Abend werden zu wollen.

****

Die fünfzig Mönche des Klosters hatten sich bereits um Yamaprana und Savitra im Meditationssaal versammelt.
Yamaprana sprach zu ihnen: "Lasst uns nun gemeinsam in der Meditation den Nataraja rufen - Shiva selbst, dessen Tanz die Welt erhält! Auf dass wir erneut von ihm lernen mögen!" Und die Mönche versanken in tiefstes Schweigen und taten wie ihnen geheißen.

****

Ein Teil seiner selbst war überwältigt von der Fremdartigkeit seiner Umgebung. Dennoch reagierte er instinktiv richtig. Blitzartig nahm er wahr, dass sein plötzliches Auftauchen unbemerkt geblieben war. Ein seltsamer Effekt, der aber kurzfristig zunächst immer auftrat, wenn er erschien. Auch seine Gestalt und seine Kleidung waren, wie immer, seiner Umgebung angepasst. Eine Besonderheit war die Anwesenheit von Parvati, seiner Gattin. Doch auch dies fand seine Erklärung in den Erfordernissen des Ortes seines Erscheinens. Denn auch die Menschen um sie herum tanzten in Paaren. Was er noch nicht wusste, war, dass das Ende der Tanzveranstaltung im Café "Schümer" kurz bevorstand.

****

Ein leichter Ruck ging durch die Körper der Mönche. Nach einer Weile wandte sich Savitra zu Yamaprana: "Meister, ich fürchte wir haben einen Fehler gemacht."
"Ja," antwortete dieser, "Shiva ist erschienen, doch nicht hier, nicht vor unseren Augen!"
"Was wird nun geschehen, Meister?", frug Savitra.
"Nun, Shiva wird tanzen," erwiderte der Meister, "nach der in den alten Schriften genannten Zeitspanne wird er in seine Welt zurückkehren. Leider ohne dass wir unsere Seelen kräftigen durften, durch den Anblick seines Tanzes!"
"Wo immer er auch erschienen sein mag, niemand wird wohl den Tanz des Gottes zu stören wagen!", fügte er hinzu.

****

Die Kapelle war verstummt und der Geschäftsführer des Cafés wandte sich an die noch Anwesenden: "Geehrte Herrschaften, wir danken für Ihren Besuch! Leider müssen wir jetzt schließen. Ich wünsche Ihnen einen guten Heimweg! Auf Wiedersehen." Er wandte sich zur Seite: "Auch die beiden Herrschaften, die dort immer noch, selbst ohne Musik - ha, ha - dem Tanzvergnügen nachgehen, möchte ich jetzt doch sehr bitten ...!" Es erfolgte jedoch keine Reaktion. Nur ein Satz, in einem seltsamen Singsang, drang zu ihm herüber: "Noch ist die Zeit nicht um, die verstreichen muss!" Einige der jungen Damen kicherten nun und spöttische Bemerkungen wurden gemacht. Einem der jungen Männer schien dies eine vortreffliche Gelegenheit seinem Mädchen zu imponieren. Er ging auf das tanzende Paar zu und sagte: "Na, jetzt beruhigt euch mal. Hier ist für heute Feierabend, das seht ihr doch!" Als keine Reaktion erfolgte, setzte er hinzu: "He, ick sprech' mit Dir, Männeken!" und berührte den Mann an der Schulter. Da das Paar jedoch nicht aufhörte zu tanzen, wurde er nun unabsichtlich, aber unsanft angerempelt. Das aber war ihm zuviel! Er riss den Mann herum und schlug zu.

****

"Was aber, Meister, würde geschehen, wenn doch jemand Shivas Tanz störte?", frug Savitra. Yamaprana aber lächelte und sprach: "Gib Dir die Antwort selbst, Savitra! Du weißt: SHIVAS TANZ ERHÄLT DIE WELT!"

****

Shivas Natur war sicher göttlich, seine Inkarnation aber durchaus menschlich! Durch den Schlag des jungen Mannes gefällt, stürzte er schwer zu Boden und verlor die Besinnung. Der Tanz hatte ein Ende! Und die WELT versank im Nichts und verging ...

****

Soweit mein Bericht. Je nachdem WO und WANN Sie sich befinden, mögen Sie nun einwenden, das Jahr 1925 sei doch schon längst vorbei und die Welt sei damals eben nicht untergegangen. Nun, viel darf ich darüber nicht sagen, aber Sie haben sicher schon von Parallelwelten gehört, oder auch vom Kreislauf der Zeit, einem Kreislauf, der ja nicht immer exakt denselben Durchmesser haben muss! Und sicher gibt es auch dort wo SIE sich gerade befinden, Mönche und Tanzcafes, oder etwas so ähnliches. Vielleicht achten Sie bei Ihrem nächsten Besuch, da oder dort, einmal auf ungewöhnliche Vorkommnisse! Eigentlich darf ich Ihnen auch nicht sagen, warum Sie meinen Bericht gerade JETZT in Händen halten... Aber ich würde Ihnen empfehlen: Nutzen Sie Ihre Zeit gut!!

- ENDE -

Pub-Gespräche (Fantasy)

"Sag` was Du willst, Archer - ich finde es ungerecht!" meinte Neal und warf einen kurzen Blick zu diesem, während er an seiner dritten Bloody Mary nippte.
"Und was genau meinst du damit, oh tum-mar-tu?" antwortete dieser mäßig interessiert.

"Ah, lern doch erst mal korrekt sumerisch, bevor Du hier mit fremdsprachliche Brocken um Dich wirfst! Ich bin nur einer! Einmalig sozusagen." Nun grinste er doch wieder kurz. "Ja, nee, also," nahm er den Faden wieder auf, "seitdem so gut wie niemand mehr an uns glaubt - degenerieren wir. In jeder Hinsicht!" Zornig setzte er sein Glas ab.

"Jetzt komm mal runter, Nergal! Uns hat es so wie die Menschen dachten, ohnehin nie gegeben. Alles nur Psychoprojektionen. Materialisierungen von Massenpsychosen. Und jetzt - ist es halt so, wie es ist!"

Jetzt grinste Neal Nergal etwas böse und spöttisch. "Wie kommst denn Du daher! Steht das dem großen Kriegsgott Ares denn wirklich an?"
Archer Ares winkte ab und bestellte sich die vierte Bloody Mary. Neal tat es ihm gleich, obwohl er dieses Getränk eigentlich nur wegen des "anheimelnden Charakters seines Namens", wie er es nannte, bevorzugte.

Im Bemühen dem Gespräch eine andere Wendung zu geben, kam Archer nun zum allgemeinen Klatsch und Tratsch.
"Hast Du das schon gehört von Balduin?"
"Nö. Was treibt er denn schon wieder für Eskapaden?"
"Na ja. Eskapaden erst mal nicht mehr. Ist wieder in Therapie, der gute Bacchus. Er ist am Ende einer Party, wie man heute sagt, nackt auf der Strasse rumgetanzt. Als man ihn aufgegriffen hat, rief er immer wieder laut, man solle ihm halt ein Leopardenfell reichen, wenn es schon nicht erlaubt sei, sich so zu amüsieren, wie die Götter einen schufen. In der Entgiftung haben sie ihm dann die

Wahl gelassen: entweder freiwillig Therapie, oder sie machen eine Zwangseinweisung ...!"
"Armer Kerl!", kommentierte Neal. "Da ist es ihm auch nicht besser ergangen als Dick. Der ist ja auch immer noch drin ...".
"Ja, Dionysos. Na ja, ein paar Wochen noch, dann darf er wieder raus. Ich habe gehört, die haben ihm empfohlen Psychotherapie zu machen. Frühkindliches Trauma und so. Weil er doch erzählt hat, dass seine Mutter Semele noch vor seiner Geburt gestorben ist. Und als er erklärt hat, dass dann nur Hermes ihn gerettet hat, dachten die wohl, er spricht von dem Paketdienst ...".
Neal klopfte mit der Faust auf die Theke. "Kapiert wirklich nix, dieses Menschenvolk!"
Archer nickte versonnen.
Dann fiel ihm etwas ein. "Sag mal, Neal - weißt Du eigentlich, wer diese Dummheit angefangen hat mit den Namen?"
"Hm. Was meinst Du denn?"
"Ja, achte doch mal drauf: Neal Nerges, Archer Ares, Balduin Bacchus, Dick Dionysus, Herrmann Hermaphroditos und und und. Das ist doch albern. Vornamen braucht man heute, ok. Aber ..."
"Stimmt, da hast Du recht, ich weiß was Du meinst! Tja. Nee. Keine Ahnung. Hat sich wohl irgendwie ergeben ... weiß auch nicht. Und richtig: das ist wirklich dumm. Aber Du weißt ja ...!"
"Gegen Dummheit kämpfen Götter selbst vergebens."
Beide grinsten müde über den alten Flachwitz.
"Aber Herrmann kommt ja gut zurecht, hörte ich.", berichtete nun Neal.
"Ah ja. Was macht er?"
"Na, er hatte doch einen Verein gegründet, drittes Geschlecht und ähnliche Themen. Beratung, Aktionen, Veröffentlichungen und so. Das scheint alles super zu laufen. Und er wirkt jetzt auch viel ausgeglichener."
"Ja, prima. Gern gegönnt! Seine Verschmelzung damals mit Salmakis - die war ja eigentlich nicht so ganz freiwillig von seine Seite aus. Freut mich, dass er da jetzt so gut klar kommt."
Beide schwiegen nun eine Weile und bestellten dann die nächste Runde.
Etwas unvermittelt brach dann aber doch wieder das Temperament von Nerges durch.
"Und ich sage es trotzdem noch mal!" Diesmal schlug er regelrecht

mit der Faust auf den Tresen. "Es ist ungerecht, das keiner mehr an uns glaubt, es ist eine Schande, dass wir unsere Macht verlieren und in einem gewöhnlichen Pub rumlungern müssen!"
"Alter, Du nervst!", wies ihn Archer ab. "Nun gib schon Ruhe!".
"Seit wann hast Du mir denn was zu befehlen?", blaffte Neal verärgert zurück.
Nun aber mischte sich Mabel Maat ein, die Wirtin des Pubs.
"Jungens. Nun seid nett zueinander. Immer alles schön ruhig und ausgewogen, ok?"
Das aber gefiel nun beiden nicht so recht und sie begannen jetzt gemeinsam gegen Maat zu giften.
Doch dieses rief dann auch ihren Partner Theo Thot auf den Plan, der im Nebenzimmer noch einige Schreibarbeiten erledigt hatte.
"Mabel - halt Dich doch raus! Du weißt doch: der Klügere gibt nach!"
"Hä?", ereiferte sich nun ungewohnt heftig Mabel, "Wie, DER Klügere? Und mach mir bitte keine Vorschriften, selbsternannter Schlaukopf! Wir führen immer noch eine SYMMETRISCHE Beziehung. Alles klar?"
In der Zwischenzeit aber war auch der Disput zwischen Nerger und Ares weiter gegangen. Eben brüllte Neal: "Und Du? Bei Dir kennen die Leute wenigstens noch den Namen! Aber wer kennt noch den sumerischen Götterhimmel? Mich ignoriert dieses kapitalistische Atheistenpack von Menschheit doch schon tausend Jahre länger als Dich, Du Versager!"
Das war nun jedoch auch Ares zuviel. Und schon war die schönste Pub-Keilerei im Gange.
Kriegsgötter halt ...!

(BTB)

LEGENDE:

(Neal) Nergal ist ein sumerischer Kriegsgott.

(Archer) Ares - Gott des Krieges, Sohn des Zeus, dennoch höchst unbeliebt unter den Göttern des Olymp.

(Mabel) Maat ist die Göttin der Wahrheit und Ordnung. Mit ihrer Feder hält sie die ganze Welt im Gleichgewicht und ist eben deshalb entscheidend wichtig für das Totengericht, das jeden Menschen nach seinem Tod erwartet.

(Theo) Thot ist der Gott des Wissens und gilt auch als Gatte der Ma'at.

(Dick) Dionysos - Gott der Ekstase - Wandel durch Rausch, Wein, Gesang, Tanz, Dionysos ist der Sohn von Zeus und einer Sterblichen - der Königstochter Semele, die noch vor seiner Geburt stirbt.
... Das Kind in ihrem Leib wurde jedoch durch Hermes gerettet: Zeus nähte es sich in seine Hüfte bzw. in seinen Oberschenkel und brachte das Kind drei Monate später selbst zur Welt (siehe Schenkelgeburt). So wurde der unsterbliche Dionysos geboren.

(Balduin Bacchus) - Gott des Rausches.

Herrmann Hermaphroditos
Da flehte die Nymphe in ihrer Not zu den göttlichen Eltern des Jüngling, sie mögen den Hermaphroditos für immer mit ihr, Salamakis vereinen. Die beiden hörten ihr Flehen und erfüllten augenblicklich ihren Wunsch.

HORROR

Ein ganz normaler Einkaufsbummel
(Horror-story von BTB)

Rolf Martens war froh, diesen Supermarkt gefunden zu haben. Erst vor kurzem war er in diese Gegend gezogen. Mit diesem etwas abgelegenen Supermarkt war er bislang in jeder Hinsicht zufrieden. Durch Zufall hatte er ihn heute entdeckt und schon beschlossen hier öfter einzukaufen.

Im Moment hatte er aber nur einige Kleinigkeiten gebraucht, da er die meisten Sachen, die er für das bevorstehende Wochenende brauchte, schon anderswo gekauft hatte. Nun, ein paar Kleinigkeiten, Steaks und Zigaretten hatte er hier noch günstig erstanden und suchte nun die Kasse. Als Rolf schon eine ganze Zeit vergeblich herumgewandert war, fragte er schließlich eine Verkäuferin.

"Wo geht's denn hier zum Ausgang?" "Dort entlang!" rief ihm die Frau im Vorbeigehen zu und zeigte in die entsprechende Richtung. Als Rolf dort ankam, mußte er zu seiner Überraschung feststellen, daß es gar keine Kasse gab. Er schob seinen Einkaufswagen noch eine Zeitlang unschlüssig hin und her. Dann beschloß er, noch einmal zu fragen.

"Wo bitte, ist hier die Kasse, vorne kommt man ja nicht raus!" sprach er einen Verkäufer an, der gerade dabei war, Waren einzusortieren.
Dieser schaute ihn einen Moment lang an und antwortete: "Gehen Sie nur diesen Gang entlang, dann rechts und gleich wieder links!"

So machte sich Rolf Martens wieder auf den Weg. An die Beschreibung des Verkäufers versuchte er sich so gut wie möglich zu halten, was gar nicht so einfach war. Langsam wurde er auch wirklich ungeduldig - irgendwo mußte doch dieser verdammte Ausgang sein! Sein Ärger wuchs.
"Vielleicht sollte ich in Zukunft doch nicht mehr hier einkaufen," schoß es ihm durch den Kopf. "Das ist ja der reinste Irrgarten!"

Immer noch konnte er nichts entdecken, was nach einer Kasse oder einem Ausgang aussah. So dumm konnte er doch wohl eigentlich gar nicht sein. Außerdem hatte er das deutliche Gefühl, daß sich das Geschäft langsam leerte. Es schienen sich kaum noch Kunden in diesem Laden aufzuhalten.
Das war eigentlich seltsam. Um diese Uhrzeit war normalerweise in jedem Geschäft ein großer Kundenandrang, schließlich war es Freitagnachmittag.
Plötzlich überfiel ihn das Gefühl, irgend etwas stimme hier nicht. Obwohl - das war natürlich lächerlich!
Er war doch in einer ganz normalen Situation, oder?

"Sie suchen etwas, mein Herr!"
Ruckartig drehte er sich um. Die Verkäuferin in seinem Rücken hatte er gar nicht bemerkt. Erschreckt blieb er wie angewurzelt stehen. Mit großen Augen und seltsam starren Blick, wie es ihm schien, schaute die Frau ihn an. "Dort entlang müssen Sie!" tönte es. Ihr Zeigefinger schnellte in die entsprechende Richtung. "Dort entlang!" Rolf Martens Finger sanken herab. Er ließ den Einkaufswagen einfach stehen.

Zögernd, vom Blick dieser Augen gebannt, ging er einige Schritte rückwärts. Endlich gelang es ihm, sich abzuwenden, und er lief, lief einfach davon. Daß er genau in die Richtung rannte, die die Verkäuferin ihm gewiesen hatte, fiel ihm dabei allerdings nicht auf.

Kein Kunde schien sich mehr in diesem grauenhaften Geschäft aufzuhalten. Nur die weißen Kittel der Bediensteten nahm er ab und zu aus den Augenwinkeln wahr.
Mein Gott, wie groß war denn dieses Geschäft? Rolf keuchte bereits, und sein Herz klopfte wie rasend. Irgendwo mußte er doch endlich einmal ankommen!
Da, da vorne war doch irgend etwas! Die Reihen der Regale lichteten sch, und Rolf sah nun, wohin er geraten war.
Er befand sich jetzt in der Fleisch- und Wurstwarenabteilung. Die Fleischtheke bildete den Abschluß des Raumes. Weiter ging es nicht!

Er taumelte noch die restlichen Schritte auf die Theke zu und hielt sich dann an ihr fest. Schweiß verklebte ihm die Kleidung und lief ihm in die Augen. Mit einer hastigen Bewegung wischte er sich über die Stirn. Eigentlich wagte er es nicht, sich umzudrehen, aber er mußte es tun!
Wie unter einem inneren Zwang wandte sich Rolf Martens um. Was er sah, bestätigte endgültig seinen Verdacht, in einem - furchtbar realen - Albtraum gelandet zu sein.
Aus allen Gängen, die auf die Fleischtheke hin mündeten, kamen langsam - und seltsam lautlos - weißbekittelte Verkäuferinnen und Verkäufer. Schnell hatten sie ihn quasi eingekreist.

Rolf verspürte nicht einmal mehr richtige Angst. Vor Entsetzten war er einfach wie gelähmt. Sein ganzer Körper war eiskalt, und seine Hände sanken kraftlos herab.

"Was wollen Sie überhaupt von mir?" stammelte er.

Zunächst antwortete ihm niemand. Dann trat aus der Menge eines der Wesen heraus und kam langsam auf ihn zu. Die kleinen Augen in dem rosigen Gesicht blinzelten ihn an.
"Ach, nichts Besonderes, Rolf Martens, nichts Besonderes..." sagte es mit seltsam quietschender Stimme. "Wir wollten nur endlich einmal, sozusagen - DEN SPIESS UMDREHEN, HA, HA, HA, HA!!"

Das schaurige Gelächter ließ das Blut in Rolfs Adern endgültig gefrieren. Wie hypnotisiert starrte er das Wesen mit geweiteten Pupillen an.

Immer weiter schlich sich das Wesen an ihn heran. Es gab einen animalischen Laut von sich. Doch noch immer wußte Rolf nicht, worum es hier eigentlich ging.
Bis dann sein Blick auf die Reklametafel der Fleischabteilung fiel: Unser Fleisch, stets frisch, stets etwas Außergewöhnliches!

ENDE